AF198583

Die *Suche* nach der magischen *Maske*

Falc-Moritz Köhler

Bibliografische Information der Deutschen Nationalbibliothek: Die Deutsche Nationalbibliothek verzeichnet diese Publikation in der Deutschen Nationalbibliografie; detaillierte bibliografische Daten sind im Internet über dnb.dnb.de abrufbar.

© 2020 Falc-Moritz Köhler

Herstellung und Verlag: BoD – Books on Demand, Norderstedt

Umschlaggestaltung: Sebastian Remmert

Lektorat und Korrektorat: Dr. Yvonne Caroline Schauch

ISBN: 9783751931304

Das Maskendorf

Überprüfe einmal dein Leben,
gehst du wirklich auf deinen Wegen,
oder drängen dich die anderen,
auch auf ihren Wegen zu wandern?

Nur du kennst deine Ziele.
Und ganz egal, wie viele
auf deiner Reise flehen,
mit ihnen mitzugehen,

Traue ihnen bitte nicht,
denn sie folgen alle selbst
meist nur einem fremden Licht.
Welchen Weg du auch je wählst,
Vergib weder deine Zeit
noch die Unabhängigkeit.

Rubin wurde in einer Zeit geboren, in der die Blüten sich langsam von ihren Stielen lösten und die die Bäume unbekleidet dastehen ließ. Es war eine Zeit des Wandels, in der die Zierde und Oberflächlichkeit der Echtheit und Kargheit weichen musste.

Rubin wurde anders als alle anderen Bewohner seines Dorfes in die Welt gesetzt. Er schrie bis lange in die Nacht hinein. Seine Mutter glaubte, er wäre von einer Krankheit heimgesucht worden. Sie war ratlos und schämte sich für ihren Sohn. Eines Nachts wollte sie verhindern, dass die Dorfbewohner von der Aufsässigkeit ihres Sohnes erfuhren, und als Rubin wieder einmal kreischte, drückte sie ihm ein Kissen auf das Gesicht, um ihn ruhigzustellen. Doch im letzten Augenblick ließ sie wieder von ihm ab.

Seine Mutter war die ersten Lebensjahre sehr unglücklich über die Geburt ihres Sohnes. Sie wünschte sich ein Kind, das so gehorsam war wie die anderen Kinder in dem Dorf.

Es gab nämlich eine Besonderheit, die ihr Heimatdorf von allen anderen unterschied: Jeder Bewohner besaß eine Maske, die er stets und überall auf dem Gesicht tragen musste. Ihre Häuser waren die einzigen Orte, an denen sie die Masken ablegten. Und jeder Dorfbewohner musste seine Maskierung bis zur Vollendung seines dreißigsten Lebensjahres gefunden haben, um sie auf dem *Großen Maskenball* zur Schau zu stellen. Von diesem Augenblick an waren sie gezwungen, nur noch diese eine Maske zu tragen. Einzig den Kindern war es erlaubt, ohne Maske vor die Tür zu treten.

So wurde es von Kindesbeinen an auch dem jungen Rubin beigebracht. Seine Mutter wies ihn an:

„Gehe hinaus in die Welt und erfahre sie. Koste sie in vollen Zügen, doch in deinem dreißigsten Lebensjahr musst du deine Maske gefunden haben. Denke daran, der *Große Maskenball* ist der bedeutsamste Tag für uns. Von diesem Augenblick an wirst auch du voller Stolz deine Maske tragen. Dann wird kein

Mensch dich mehr erkennen können. Du wirst für immer geschützt sein vor ihren hässlichen Gedanken und missgünstigen Blicken."

Doch Rubin fühlte sich dabei unbehaglich. Er wusste nicht, wieso er dazu verdammt sein sollte, sich auf ewig zu maskieren. Seine kindliche Seele begehrte gegen die Last, die ihm aufgebürdet wurde, auf. In seinem Dorf wirkten alle Menschen so starr, obgleich manche von ihnen die aufwändigsten Masken trugen. Doch schon bald sollte er verstehen, wieso sie in seiner Heimat immerzu danach trachteten, sich zu schützen...

So flossen die Jahre dahin und rasch vergaß er die Suche nach seiner Maske und seinen Auftritt auf dem *Großen Maskenball*. Er war in die üblichen Widrigkeiten des Aufwachsens verstrickt.

Rubins Persönlichkeit war keineswegs ein fest geknüpfter Teppich. Zwar hielt er viel von sich - manchmal zu viel -, doch wenn die schwindelerregenden Erwartungen, die er an sich selbst stellte, von seinen Mitmenschen nicht bestätigt wurden, lösten sich die zart geknüpften Knoten seiner Persönlichkeit und hinterließen Lücken, die Rubin durch das Streben nach Anerkennung mühsam wieder zu flicken versuchte. Doch allzu oft gelang es ihm nicht, und einige Löcher im Geflecht seines Selbstbewusstseins rissen immer weiter auf.

Oft verzweifelte Rubin daran und fragte sich: „Weshalb können meine Mitmenschen mich nicht einfach so annehmen, wie ich bin?"

Er tat alles, um die Bestätigung seiner Altersgenossen zu erlangen. Zunehmend verbog und verkrümmte er sich, damit er ein wenig Liebe von ihnen erhielt. Doch je mehr er sich um ihre Aufmerksamkeit bemühte, desto weiter stieß er die Menschen von sich weg.

Eines Abends war Rubin mit seiner Mutter zu Hause. Da sie sich in ihrem Haus befanden, trug sie keine Maske. Er fragte sie um Rat.

„Wieso schenken mir die Menschen nicht die Anerkennung, nach der ich mich sehne?

Andauernd verletzen sie mich mit ihren Äußerungen. Ich fühle mich so wehrlos, was kann ich nur dagegen tun?", schluchzte er.

Seine Mutter erwiderte: „Beruhige dich. Jeder Dorfbewohner empfindet das Gleiche. Genau aus diesem Grund tragen wir doch die Masken vor unseren Gesichtern. Sie sollen uns vor den Gemeinheiten unserer Mitmenschen schützen. Mit ihnen sind wir unangreifbar." Und sie erklärte: „Eines Tages, wenn du dein dreißigstes Lebensjahr erreicht hast, wirst du dich auch auf eine Maske festlegen. Wie ich mich auf diesen Tag freue!"

Rubin verstand nun, wie dringend er nach seiner Maskierung suchen musste, doch hakte er nach: „Wie erlange ich eine Maske, so wie ihr anderen sie tragt?"

„Endlich kommst du wieder zur Vernunft! Ich bangte schon, ob du dich nie auf die Suche machen wolltest. Ich bin so glücklich über deinen Entschluss." Seine Mutter schloss Rubin fest in ihre Arme. „Begib dich in die Tiefen des Waldes, der auf dem Hügel neben unserem Dorf liegt. Dort wirst du einen mächtigen Baum finden, in den eine Tür eingefügt ist. Wenn du diese Tür öffnest, gelangst du in eine Werkstatt. In dieser wohnt ein Kobold. Er fertigt unsere Masken an."

„Ein Kobold?", wunderte sich Rubin.

„Ja, ein Kobold. Eine Legende besagt, dass dieses Wesen früher einmal ein Mensch gewesen sein soll. Doch er wurde von seinen Mitmenschen andauernd niederträchtig und schmählich behandelt. Daraufhin zog er sich tief in den Wald zurück und errichtete eine Maskenwerkstatt. Seitdem fertigt er vielerlei Masken für uns Dorfbewohner, die uns vor den Gehässigkeiten unserer Mitmenschen schützen sollen. Doch nimm dich vor ihm in Acht! Er versteht sich meisterhaft auf die Kunst, uns Menschen zu durchschauen. Manch einer behauptet, er könne jedes Bedürfnis und jedweden Wunsch eines Menschen lesen. Doch zögere nicht, ihn aufzusuchen."

Die Maske der Überheblichkeit

Du schaust auf Menschen hernieder,
denn sie sind dir oft zuwider.
Verbirgst du deine Niedertracht
hinter einem Gesicht, das lacht?
Wieso kannst du nichts empfinden?
Ob sie sich vor Schmerzen winden
oder dich weinend anflehen,
du willst in der Mitte stehen.

Sogleich begab sich Rubin auf den Weg in die Ungewissheit und die Dunkelheit des Waldes. Alsbald bemerkte der Suchende, wie dicht bewachsen das Wäldchen war und dem Licht nur spärlich Gelegenheit bot, es zu durchdringen. Rubin kämpfte sich durch das Gesträuch, das ihn am Vordringen zu hindern versuchte. Doch eine innere Stimme, ein stummer Ruf trieb ihn weiter voran. Bald verlor er gänzlich seine Sinne und irrte in dem Wald umher. Rubin wähnte sich verloren. Ein Frösteln überlief ihn und ein Keuchen entrang sich seiner trockenen Kehle.

Plötzlich hörte Rubin eine Stimme:

„Du bist genau richtig hier. Bald wirst du dein großes Glück in Händen halten. Traue dich nur weiter hinein." Ein spöttisches Lachen ertönte.

Rubin zuckte zusammen, blickte sich hastig um und suchte nach dem Ursprung der Stimme. Doch sie huschte zwischen den Bäumen umher. Der Jüngling bewegte sich zaghaften Schrittes fort. Nun öffnete sich vor ihm eine Lichtung, doch abermals ertönte die unheimliche, krächzende Stimme:

„Nur zu. Trete ruhig näher, dir wird nichts geschehen, außer dass deine Wünsche in Erfüllung gehen." Wieder endete die Rede mit einem krächzenden Gelächter.

Seltsamerweise vertraute Rubin diesen Lauten, als würden sie wahrhaftig seine tiefsten Begehrlichkeiten lesen können. Rubins Ohren schmerzten, doch eine schier unwiderstehliche Kraft schien seine Füße voranzutreiben.

Überrascht erblickte er mitten auf der Lichtung einen besonders mächtigen Baum. Als der Neugierige näher herantrat, erkannte er eine dicke Eisentür in dessen Stamm.

„Jetzt musst du nur noch den Mut besitzen, die Pforte zu öffnen", flüsterte ihm die Stimme zu.

Der Junge spürte entsetzliche Angst, doch seine Neugierde ließ ihn die schwere Metalltür mit zitternden Händen öffnen. Es offenbarte sich eine Treppe, die sich tief ins Erdreich zu winden schien.

Rubin tastete sich Stufe für Stufe hinab. Ein seltsamer, an Holz erinnernder Geruch kitzelte ihn in der Nase. Rubin ahnte, dass es nicht die Bäume des Waldes waren, und er fragte sich, woher der Duft stammen mochte. Rubins Angst wurde mehr und mehr von seiner Wissbegier abgelöst. Endlich hatte er die letzte Stufe erreicht und stand unvermittelt in einem Raum, der wie eine Werkstatt aussah.

Ehrfürchtig ließ Rubin seinen Blick umherwandern: Der unterirdische Raum war voller Masken, sie hingen an filigranen Ketten von der Decke herab und bedeckten die Wände. Zögernd trat er näher und betrachtete die künstlichen Gesichter. In dem spärlichen Kerzenlicht konnte er den Ausdruck der einzelnen Masken kaum erkennen, gleichzeitig verlieh das Flackern der Flammen ihnen eine gespenstische Lebendigkeit. Rubin erkannte, dass einige von ihnen farbenprächtig und verschwenderisch gestaltet waren, andere wiederum wirkten geradezu furchteinflößend.

Dann ertönte wieder die Stimme:

„Wie du siehst, habe ich für jeden Geschmack etwas."

Ruckartig blickte Rubin sich um, doch er sah niemanden, zu dem die Stimme gehörte. Da entdeckte er plötzlich zwischen den Masken ein feuerrotes Augenpaar, das mitten in seine Seele zu starren schien. Rubin erkannte das Antlitz eines eigentümlich aussehenden Wesens, bei dem es sich um den Kobold handeln musste, von dem ihm seine Mutter berichtet hatte. Der Kobold trat nah an den bangen Jungen heran und musterte ihn. Rubin konnte deutlich den Gram und die Enttäuschung seines Gegenübers spüren.

Der Kobold sprach: „Ich sehe deine Traurigkeit. Du wurdest oft verletzt. Der Ausdruck deiner Augen erzählt es mir. Die Menschen sind wirklich gemein, ich weiß das. Unentwegt sticheln sie oder verletzen ihren Nächsten, sie setzen ihn herab, wann immer sich ihnen eine Gelegenheit dazu bietet. Wie ich viele Menschen doch verachte!"

Diese Worte fanden Anklang bei Rubin. Zum ersten Mal fühlte er sich bestätigt. Der

Kobold erkannte Rubins Ängste und Sorgen mit unglaublicher Klarsicht.

Der Gnom fuhr fort: „Ich habe etwas, das dir mit Sicherheit gefallen wird. Siehe nur die Masken, die hier überall ausgestellt sind. Jeder von ihnen wohnt eine magische Kraft inne. Doch nicht alle passen zu jeder Persönlichkeit. Aber ich weiß ganz genau, welche dir gut zu Gesicht stände."

Der Kobold überschlug sich fast vor Lachen. „Sie gehört zu meinen neuesten Schöpfungen. Ich finde, sie ist mir fabelhaft gelungen."

Daraufhin wühlte der Maskenhändler einige Zeit in seiner Werkstatt herum, dann zeigte er Rubin seinen Fund.

„Hier ist das Schmuckstück. Ist sie nicht wundervoll? Es ist die *Maske der Überheblichkeit*. Mit diesem Kunstwerk habe ich mich wieder einmal selbst übertroffen!", schrie der Gnom aufgeregt und tanzte vor Rubin auf und ab.

Der Jüngling blickte die Maske an. Sie war eine ausdrucksstarke Erscheinung: Ihre Augen schienen stolz und voller Hohn auf jeden herabzublicken. Die Mundwinkel waren tief eingegraben und wirkten unnachgiebig. Die Augenbrauen zeigten spitz zur Nase. Sie verströmte ein Gefühl von ungeheuerlicher Selbstgefälligkeit.

Rubin musterte die *Maske der Überheblichkeit* lange.

„Sie gefällt dir, stimmt's?", sagte der Kobold hämisch, „sie wird dich unnahbar und jederzeit allen anderen überlegen machen."

Der Kobold lag richtig. Es war genau die Erscheinung, die Rubin benötigte. Seine Altersgenossen übergingen ihn oft und trieben ihre Scherze mit ihm. Das sollte nun enden. Rubin freute sich.

„Nun setze sie schon auf", drängte ihn der Kobold, „sie wird dir ausgezeichnet stehen. Das verspreche ich dir!"

Also legte Rubin die *Maske der Überheblichkeit* an. Der Kobold war außer sich. „Nun besitzt du eine Maskierung, die du auf dem *Großen Maskenball* vorführen kannst! Alle Dorfbewohner werden dich bestaunen. Aber natürlich ebenso fürchten", frohlockte der Kobold.

Der Jüngling fühlte sich schlagartig kühn und erhaben. Er war bereit, in sein Dorf zurückzukehren und seinen Mitmenschen seine Maske vorzuführen. Diesmal würden sie ihn alle anerkennen, da war er sich sicher...

Von diesem Tag an trug Rubin, wann immer er das Haus verließ, die *Maske der Überheblichkeit*. Der Junge begriff kaum, welch ein Wandel sich dadurch vollzog. Niemals hätte er derartige Auswirkungen erahnen können. Jeder Mensch, auf den er traf, verhielt sich ihm gegenüber plötzlich anders. Fortan bewunderten ihn seine Mitmenschen und fürchteten ihn zugleich. Rubin umgab etwas Unnahbares, und der nach Aufmerksamkeit Dürstende genoss es. Er schwelgte geradezu in der Wirkung, die er nun erzielte. Zum ersten Mal fühlte Rubin sich von seinen Mitmenschen akzeptiert. Ein nie gekanntes Gefühl der Sicherheit und Überlegenheit erfasste sein Gemüt.

Rubin ging vollkommen in seiner neuen Rolle auf. Von nun an nutzte er seine Mitmenschen rücksichtslos aus. Er benutzte sie zu seinen Gunsten und schob sie wie Spielfiguren hin und her. Die *Maske der Überheblichkeit* verlieh ihm ein Gefühl nie geahnter Macht. Von Zeit zu Zeit steigerte sich sein abfälliges Benehmen ins Verletzende. Doch viele unter seinen Mitmenschen fügten sich seinem Willen. Besonders jene, die selbst keine starke Persönlichkeit besaßen, biederten sich ihm an und buhlten um seine Freundschaft.

Der Jüngling liebte seine magische Maskierung. Jeden Abend, wenn er im Bett lag, betrachtete er die *Maske der Überheblichkeit* eingehend. Innerlich dankte er dem Kobold, der ihm zu seiner neuen Anerkennung verholfen hatte. Rubin verstand allmählich, wieso die Menschen in seinem Dorf sich immerzu hinter einer Maske versteckten.

Einige Zeit später, Rubin hatte sich bereits gänzlich in seiner neuen Rolle eingefunden, ging er auf ein Mädchen in seinem Dorf zu. Dieses Mädchen, das *Julina* gerufen wurde, hatte Rubin besonders abfällig behandelt. Vor ihr hatte er sich stets von seiner schillerndsten Seite zeigen wollen. Keine Gelegenheit hatte er ausgelassen, um ihre Aufmerksamkeit zu gewinnen. In seiner jugendlichen Unerfahrenheit hatte er nicht verstanden, dass er damit lediglich sein Gefühl der Unzulänglichkeit zu überspielen versucht hatte. Doch Julina hatte ihn immerzu übergangen. Dies war für ihn stets überaus niederschmetternd gewesen. Besonders vom anderen Geschlecht hungerte er nach Aufmerksamkeit. Wurde sie ihm nicht zuteil, warf ihn das oft in einen Strudel von Grübeleien.

Doch nun trug Rubin die *Maske der Überheblichkeit.* Er schritt mit sicherem Gang auf Julina zu, er erkannte sich selbst nicht wieder. Rubin redete Julina mit höhnischer Stimme an und verwickelte sie in ein Gespräch. Der Jüngling erkannte bald an ihrem Gesichtsausdruck, dass sie sich ihm unterlegen fühlte. Immer wieder gab er kleine Bemerkungen von sich, die zum Ausdruck brachten, wie unwichtig sie ihm eigentlich war. Bald beherrschte Rubin das Gespräch. Ununterbrochen prahlte er mit seinen Errungenschaften, dabei ließ ihn seine Maske erhaben erscheinen. Der Maskierte liebte seine neue Erscheinung und schwelgte in seiner neu empfundenen Großartigkeit.

Auch Julina, die Rubin insgeheim noch immer verehrte, bestaunte seine Art. Die *Maske der Überheblichkeit* entrückte ihn ins Unerreichbare, wie einen weit entfernten Stern. Das Mädchen unterwarf sich ihm und spürte, dass sie seiner Herrschaft nichts entgegenzusetzen hatte. Von diesem Augenblick an loderte die Flamme ihres Herzens für den *Überheblichen*.

Die beiden jungen Menschen verbrachten viel Zeit miteinander. Doch schon bald entpuppte sich sein überlegendes Auftreten als Abfälligkeit. In manchen Momenten schätzte Julina, wie herrisch Rubin sich gebärdete. Er benötigte keine langen Überlegungen, um Entscheidungen zu treffen. Stets gab er die Richtung in ihrer Beziehung vor, wie ein Schiffsführer, der seine Flotte durch stürmisches Gewässer lenkt. Doch oft erniedrigte Rubin sie auch. Dann ließ er sie Aufgaben für ihn erledigen oder erteilte ihr Anweisungen. Darüber hinaus schnitt er sie mit seinen Worten, die oft tiefere Wunden hinterließen als manche Klinge. Er war von der *Maske der Überheblichkeit* und seiner neuen Macht derart eingenommen, dass er gar nicht merkte, wie sehr er sie verletzte. Rubin führte seine Handlungen blind aus. Zum ersten Mal in seinem Leben besaß er die Macht über andere Menschen und nicht mehr sie über ihn.

Niemand kam auf die Idee, *dem Überheblichen* entgegenzutreten. Somit wurden seine Handlungen mit der Zeit immer dreister. Er sprach mit seinen Freunden voller Geringschätzung. Stets versuchte er, sich selbst in den Mittelpunkt zu stellen, damit alle merkten, wie umwerfend er war. Oft suhlte sich Rubin in seiner Selbstgefälligkeit.

Eines Tages, als die Sonne ihre Strahlen über dem Dorf auffächerte, versammelten sich Rubin und seine Altersgenossen auf dem Marktplatz. Sie unterhielten sich angeregt und Rubin genoss wie gewöhnlich ihre Zustimmung. Dies nutzte er aus, um Julina vor der Gruppe zu demütigen. Er scherzte über sie mit grässlichen Bemerkungen. Das war selbst seinen treuen Anhängern zu viel, und viele wandten sich daraufhin von ihm ab.

Doch im Nebel seiner Selbstbewunderung bemerkte er das nicht. Die einstige Beweihräucherung seiner Mitmenschen verkehrte sich allmählich in Verachtung. Doch einige seiner Altersgenossen folgten Rubin noch immer. Sie waren zu seinen Untertanen geworden. Sie glaubten ihm seine *Überheblichkeit*. Sie mutmaßten, dass sich dahinter wahre Stärke verbarg.

Rubin trug seine Maske bei jeder Gelegenheit. Er war sehr froh darüber, dass seine Mutter ihm den Hinweis auf die Werkstatt des Kobolds gegeben hatte.

So sagte der Junge eines Abends zu ihr, nachdem beide ihre Masken abgelegt hatten: „Ich bin dir so dankbar, dass du mich auf die Suche nach meiner Maske geschickt hast! Ich habe nun meine wahre Bestimmung gefunden. Es ist die *Maske der Überheblichkeit*. Mit ihrer Macht mache ich mir die Menschen zunutze und sonne mich dann in ihrer Bewunderung. Ich werde die Maske, sobald ich mein dreißigstes Lebensjahr erreicht habe, zum *Großen Maskenball* tragen. Die Verehrung der Dorfbewohner ist mir sicher." Rubin schwelgte in dieser Vorstellung.

Seine Mutter entzückten diese Worte.

„Ich bin so froh, dass du gleich beim ersten Mal deine passende Maske gefunden hast! Und ich kann deinen Auftritt auf dem *Großen Maskenball* kaum erwarten, auch wenn er noch viele Jahre in der Ferne liegt. Du wirst mich und das ganze Dorf glücklich machen!"

Und so legte sich seine Mutter an diesem Abend zufrieden und mit beruhigtem Herzen schlafen.

Während dieser Tage stolzierte *der Überhebliche* durch sein Leben und dachte gar nicht daran, all die Abneigung gegen ihn anzufechten. Doch schon bald sollte sich alles ändern.

Rubin erwartete Julina an einem abgelegenen See, der sich am Rand des Dorfes befand. Dies war der Ort, an dem sich das junge Paar oft traf. Er hatte etwas Magisches: Sein Wasser lag stets seelenruhig da und man konnte kaum etwas von der Umgebung wahrnehmen. Nur ein abgeknickter Baum, der zu dieser Jahreszeit in voller Blüte stand, griff mit seinen Ästen in die Wasseroberfläche. Diesen Platz suchten sie immer auf, wenn sie Zweisamkeit wünschten. Hier konnten die beiden ihren Dorfnachbarn entfliehen und alleine sein.

Als Rubin jedoch an diesem Morgen dort erschien, war Julina nicht da. Hoffnungsvoll wartete er stundenlang auf sie, doch sie entschied sich an diesem Tag gegen ihn. Langsam blätterte die Fassade der Selbstgefälligkeit von ihm ab. Auf einmal fühlte sich Rubin gar nicht mehr seiner Freundin überlegen, stattdessen glomm der alte Schmerz der Ablehnung wieder in seinem Herzen auf.

Unter seiner *Maske der Überheblichkeit* rannen Tränen der Verzweiflung seine Wangen hinab. Rubin brüllte vor Schmerz, doch seine Rufe verhallten ungehört. Er riss sich die Maske von seinem Gesicht und warf sie voller Verzweiflung in den See. Er konnte sehen, wie sie allmählich unter den Blüten, die die Wasseroberfläche bedeckten, verschwand.

Rubin konnte es nicht glauben, hatte er doch gedacht, diesmal die Lösung für seine Probleme, die er bislang mit anderen Menschen gehabt hatte, gefunden zu haben. Er wähnte sich sicher hinter dem Schutz seiner Maske. Er konnte nicht begreifen, dass er letzten Endes doch verletzlich war.

Verzagt eilte Rubin zurück in sein sicheres Zuhause. Er stürmte mit trauerverzerrtem Gesicht durch die Tür, wo er auf seine Mutter stieß.

„Wo ist deine Maske, Rubin?", fragte sie ihn entsetzt.

„Ich bin es leid, diese Maske zu tragen!",
schrie Rubin sie an, „ich dachte, sie vermag
mich vor den Gemeinheiten der Menschen zu
bewahren. Doch nun falle ich dem gleichen
Schmerz wie damals anheim. Meine Mitmenschen verstoßen mich wieder. Ich weiß nicht,
was ich tun soll!"

„Beruhige dich", besänftigte ihn seine Mutter, „es ist keine Schande, dass du deine Maske noch nicht gefunden hast. Doch gehe weiter deiner Suche nach. Das Schlimmste, was
du tun kannst, ist, ohne Maske vor die Türe
zu treten. Die Menschen werden deine Makel
sehen und dich in Stücke reißen. Das darfst
du unter keinen Umständen zulassen! Spätestens an deinem dreißigsten Geburtstag musst
du eine Maskierung für den *Großen Maskenball*
gefunden haben. So ist es seit jeher bei uns
Brauch."

Mit ihren Worten in den Ohren legte sich
Rubin an diesem Abend zu Bett. Er dachte an
die Streitigkeiten der letzten Zeit zurück. Er
dachte an Julina und wie er sie hatte erobern
können. Er ahnte, dass seine Mutter Recht

hatte. Er musste einfach eine andere Maske finden. Mit gebrochenem Herzen schlief er ein.

Die Maske der Gutmütigkeit

Du bist oft sanft wie eine Blüte
und jemand, der sich immer hütet.
Zerwürfnisse sind dir zuwider,
davor verschließt du deine Lider.
Als Freund bist du jedoch sehr begehrt,
Und als jemand, der sich niemals wehrt.

Gleich am nächsten Morgen lief Rubin zum Wald des Kobolds, um sich eine neue Maske von ihm anfertigen zu lassen. Er wollte sofort handeln, um seine Julina zurückzugewinnen.

Er rannte durch das dicht bewachsene Gehölz. Zwar konnte er sich nicht mehr genau an den Weg zum Maskenladen erinnern, doch er vertraute auf sein Gefühl und auf die Wut in seinem Bauch und kämpfte sich durch das Dickicht. Erschöpft erblickte er schließlich den mächtigen Baum einsam auf der Lichtung stehen. Nur einige mutige Sonnenstrahlen wagten es, seine dichte Blätterkrone zu durchdringen. Dann ging er auf die schwere Metalltür zu, die den Eingang zu der Maskenwerkstatt verbarg. Rubin stürmte die lange Wendeltreppe hinab und stand dann inmitten der Kunstwerke.

Der Kobold blickte Rubin verwundert an. „Wo ist denn deine Maske, junger Spund? Sie war ein Meisterwerk der Hochmütigkeit, das ich ausgerechnet dir ausgehändigt habe. Weißt du, wie viele Jahre ich benötigte, um ihr derart magische Fähigkeiten zu verleihen?"

„Das ist mir bewusst", wimmerte Rubin, „die *Maske der Überheblichkeit* wirkte anfangs tadellos, doch nun wurde ich von meiner Geliebten verlassen. Sie hat sich von mir abgewandt, da ich sie irgendwann zu geringschätzig behandelt habe. Ich will sie jedoch unbedingt zurückgewinnen. Ich bin auf sie versessen! Ich flehe dich an: Gib mir eine neue Maske! Bald durchschreite ich bereits mein fünfundzwanzigstes Lebensjahr, und ich habe immer noch keine geeignete Verhüllung gefunden. Was soll ich nur tun, wenn der *Große Maskenball* ansteht und ich nichts vorzuzeigen habe?"

„Beruhige dich", lachte der Kobold schelmisch, „bisher habe ich für jeden Dorfbewohner die passende Maske anfertigen können. Niemand ist jemals ohne eine Maskierung, die genau auf ihn abgestimmt war, beim *Großen Maskenball* aufgetaucht. Warte einen Augenblick. Ich werde schauen, welches meiner Meisterwerke zu dir passen könnte."

Der Kobold huschte eine Weile in seiner Werkstatt herum. Lange sah er die zahlreichen Masken durch, die er so kunstvoll angefertigt hatte, bis er endlich mit einem Exemplar vor Rubin trat. Er lachte und tanzte wie wild vor dem Jungen auf und ab und entblößte dabei seine ekligen Zähne. Rubin fühlte sich hochgenommen.

„Verzage nicht. Ich fühle den Schmerz, der in deiner Brust wohnt, du bist genau wie ich der garstigen Äußerungen der Menschen überdrüssig. Deshalb halte ich hier eine ganz besondere Arbeit für dich in den Händen. Es ist die *Maske der Gutmütigkeit*. Mit ihr wirst du von keinem Menschen mehr abgelehnt. Sie macht dich biegsam und geschmeidig wie einen Grashalm im Wind. Mit ihr wird dein Blick derart einfühlsam, dass es dir leicht möglich sein wird, in anderen Menschen zu lesen und ihre Bedürfnisse zu erkennen. Sie lässt dich jede noch so winzige Regung im Gesicht deines Gegenübers verstehen und jedes noch so mehrdeutige Wort entschlüsseln. Sie ist ein wahres Schelmenstück von mir!" Und der Kobold kicherte, bis er nach Luft rang.

Rubin begutachtete lange die Maske, die der Kobold ihm überreicht hatte. Diesmal war es eine ganz andere Schnitzerei. Diese Maske trug gegenüber seiner ersten einen vollkommen anderen Gesichtsausdruck. Der Jüngling war sogleich ergriffen. Ihre Augen waren geformt wie Regentropfen. Sie waren schillernd und aus ihnen sprach eine kindliche Gutgläubigkeit. Die Gesichtszüge liefen weich und einladend ineinander über. Sie wirkte, als läge ihr jeder Zwist fern. Der Kobold hatte keine Falten des Kummers oder der Sorge in sie eingegraben. Der Mund war breit, mit zarten Lippen, die nie böse Worte geformt hatten. Die Nase war zierlich, ohne harte Kanten, an denen sich das Auge stören könnte. Der Anblick berührte Rubin tief in seinem Innern.

„Wie konnte ich nur so verblendet sein?", wunderte er sich, „ich verhielt mich unleidlich und selbstbezogen gegenüber den Menschen, nur damit sie den schwachen Rubin hinter der Maske nicht angreifen konnten. Doch sie schätzen vielmehr wohlwollende Menschen, die ihnen nicht wehtun. Wie umnachtet ich doch war! Ich werde mich sofort aufmachen und meine Julina suchen..."

Rubin kehrte mit der *Maske der Gutmütigkeit* in sein Dorf zurück. Umgehend bemerkte er, dass die Menschen ihm anders begegneten als zuvor. Als Rubin durch die Gassen seines Dorfes ging, grüßten sie ihn und lächelten ihn an. Einige Händler, die ihre Waren am Straßenrand anboten, wollten Rubin sogar Geschenke machen.

Ruben war fassungslos. Niemals hätte er damit gerechnet, dass die Menschen ihm so herzlich gegenübertreten würden. Immerzu hatte er angenommen, die anderen herabsetzen zu müssen, um ihr Ansehen zu erlangen. Doch nun verstand er, dass sie sich von Wohlwollen und Gutmütigkeit angezogen fühlten.

Mit neu gewonnener Beschwingtheit durchwanderte Rubin sein Dorf. Zum ersten Mal spürte der Verletzte, was er seit seiner Kindheit vermisste: ein Gefühl der Akzeptanz, ohne dass er dafür jemanden mit seiner aufgesetzten Überheblichkeit beeinflussen musste. Doch trotz aller Freundlichkeit, die Rubin nunmehr entgegengebracht wurde, schmerzten die alten Wunden unaufhörlich. Rubins Gefühl der Minderwertigkeit brannte noch immer in ihm, und wie ein ausgestoßenes Tier, das dürstend nach einer Trinkstelle lechzt, suchte Rubin nach etwas, das seiner Seele den ersehnten Frieden brachte und seinen Durst nach Anerkennung ein für alle Mal stillte.

Als der Abend dem Dorf sein dunkles Kleid anlegte, betrat Rubin sein Elternhaus. Verwundert blickte seine Mutter auf und betrachtete den Maskierten. Als Rubin die Maske der Gutmütigkeit ablegte, überzog ein Strahlen ihr Gesicht.

„Mein Sohn, wie glücklich du mich machst! Du hast eine neue Maske gefunden. So ist es mir recht. Ich hoffe, diese vermag dich endlich zufriedenzustellen. Ich kenne dein unbändiges Empfinden. Nichts kann dich im Zaum halten. Unentwegt strebt dein Geist nach Ausbruch. Bedenke, dass du Zeit benötigen wirst, um mit deiner neuen Maskierung zu verschmelzen. Und auch wenn dein

Großer Maskenball erst in fünf Jahren ansteht – die Zeit des Lebens lässt sich nicht verlangsamen, so sehr du auch nach ihrem Zeiger greifst. Ich rate dir, dich rasch auf eine Maskierung festzulegen!"

Kaum dass das Tagesgestirn über den Horizont schaute, beschloss Rubin, Julina zu suchen. Der Tag war gerade geboren und die ersten Blumen begannen sich gen Himmel zu strecken. Er lief zu der heißen Quelle des Dorfes, da er wusste, dass sich Julina dort jeden Morgen erfrischte.

Der nunmehr gutmütige junge Mann versteckte sich hinter einem Strauch und beobachtete seine Erwählte. Julina war gerade dabei, ihren zierlichen Leib zu enthüllen, um in das dampfende Wasser zu steigen.

Gefesselt vom Anblick ihres Körpers sah Rubin ihr zu. Julina löste ihr langes Haar, das sich wie ein Fächer auf dem Wasser ausbreitete.

Plötzlich stiegen Vögel aus dem Gebüsch, hinter dem Rubin lauerte, auf, und Julina drehte sich um. Rubin ergriff die Flucht. Er rannte mit wallendem Blut zurück ins Dorf. Dort angekommen, sank er voller Kummer zusammen. Er hielt sich für schrecklich feige. Der Maskierte begriff nicht, was ihn dazu bewogen hatte, von der Quelle davonzulaufen. Doch ihm wurde bewusst, dass er Julina noch am gleichen Abend sprechen musste.

Nun begab es sich, dass an diesem Abend eine der Feiern anstand, die in Rubins Dorf oft abgehalten wurden und zu denen die Dorfbewohner stets ihre verzierten Masken trugen. Wie gewohnt geizten sie nicht, sondern richteten eine prachtvolle Feier auf dem Dorfplatz aus. Hinter all dem Glanz und Schimmer drohten die Feiernden selbst beinahe zu verblassen. Immerfort wurde für so viel Ablenkung gesorgt, dass möglichst keine tiefsinnigen Gedanken aufkommen oder gar ausgetauscht werden konnten. Und sie erreichten stets ihr Ziel, niemals geriet ein Feiernder in die Verlegenheit, dass man hinter seine Maske blickte.

So spuckten Kanonen ein farbenprächtiges Feuerwerk in den Himmel, und es schien, als wolle jeder Schwärmer den vorherigen übertreffen. Bisweilen wirkte es, als stehe gar nicht das Vergnügen an der Schönheit dieser Vorführungen im Vordergrund, sondern das Wetteifern – wie auch bei den Masken der Dorfbewohner. Jeder versuchte, seinen Nachbarn an Schmuck zu übertreffen. Die Sinnhaftigkeit dahinter war niemandem bekannt, noch wurde sie hinterfragt.

Dennoch vergnügten sie sich und brachten die unterschiedlichen Eigenarten ihrer Masken zum Ausdruck. Auf dem Fest verhielten sie sich meist hemmungslos und ließen vieles heraus, was sie sich im Alltag nicht trauten. Dort handelten sie oft in den starren Grenzen, die ihnen ihre Masken auferlegten.

Rubins Blick schweifte durch die Menge, seine Julina suchend. Er erblickte sie, selbstvergessen in der Menschenmenge tanzend. Er wollte gerade festen Schrittes auf seine Verehrte zugehen, als plötzlich ein Feuerwerk über ihnen zerbarst und die Feier in ein Farbenmeer tauchte. Der Jüngling schrak zurück, sodass sich die Menge vor ihm wieder schloss und Julina wie ein Vorhang verbarg.

Der Junge konnte kaum fassen, dass er es nicht wagte, auf Julina zuzugehen. Die *Maske der Gutmütigkeit* schien ihn zwar sanftmütig, doch zugleich verzagt zu machen.

Doch Rubin wollte sich nicht von seinem Entschluss abbringen lassen. Am nächsten Tag überlegte er, wie er sie zurückerobern konnte. Er saß zu Hause in seiner Kammer und beschloss, ein Gedicht für sie zu verfassen. Dank der *Maske der Gutmütigkeit* flossen seine Gefühle förmlich aus ihm hinaus und auf das Papier vor ihm.

Wieso lebst du auf einem Berg
dass ich, der klitzekleine Zwerg,
egal, wie ich mich ereifer',
dich doch nie und nie erreiche?

Im Traum reichst du mir lang die Hand,
sodass ich mich froh zu dir wag',
doch dann wirkt es am nächsten Tag,
als hätten wir uns nie gekannt.

So hast du mich Nacht für Nacht
immer um den Schlaf gebracht.
Und egal, wie sehr ich es bereue,
sehne ich mich jede Nacht aufs Neue.

In frühester Stunde und ängstlich, entdeckt zu werden, legte Rubin das Gedicht in ihren Briefkasten. Als Julina die Verse fand, war sie ergriffen. Niemals zuvor hatte es jemand vermocht, seine Gefühle derart feinfühlig zu offenbaren. Ihr Herz brannte wieder lichterloh. Sie schmeckte die salzigen Tränen, die auf ihren Lippen zerrannen. Sie war bereit, Rubin seine Boshaftigkeit zu verzeihen.

Für mehrere Kreisläufe der Jahreszeiten waren sie wieder vereint. Rubin liebte Julina so aufrichtig, wie er nie jemanden zuvor geliebt hatte. Dank der *Maske der Gutmütigkeit* war es ihm möglich, sich gänzlich für Julina aufzuopfern. Zum ersten Mal erlebte das junge Mädchen bei einem Menschen eine derartige Hingabe. Oft war es ihr unangenehm, denn Rubin gab wiederholt seine eigenen Grenzen auf, nur um ihr näher zu sein.

Eines Abends tanzten die beiden erneut auf einer der zahlreichen Feiern unter dem Mond, der wie ein Kronleuchter von der Himmelsdecke hing und den Marktplatz beleuchtete.

Als die Heiterkeit ihren Höhepunkt erreichte, begann auf einmal eine Gruppe junger Männer, um seine Angebetete zu werben. Ihr Anführer versuchte sich vor Julina zu drängen, die anderen schirmten Rubin vor ihr ab. *Der Gutmütige* wusste sich nicht zu helfen. Die *Maske der Gutmütigkeit* schien ihn unfähig zur Gegenwehr zu machen. Der Jüngling wollte eingreifen, doch die Grenzen, die seine neue Maske ihm auferlegte, lähmten ihn.

„Julina, denke doch an unsere innige Verbundenheit! Du kannst mich doch jetzt nicht hintergehen!", rief er ihr verzweifelt hinterher. Doch Julina reagierte nicht. In diesem Moment empfand sie die Zaghaftigkeit Rubins als Schwäche.

„Lass es sein. Sie braucht nicht so einen Wolkenhelden wie dich. Sie braucht jemanden, der sie beschützen kann, und das bin ich!", johlte der Anführer.

Und Rubin musste dabei zusehen, wie Julina mit der Gruppe seiner Widersacher das Fest verließ.

Entgeistert blieb Rubin alleine zurück. Der blühende Garten seiner Seele verwandelte sich jäh in eine elendige Ödnis.

Als er seine Beine wieder zu bewegen vermochte, lief er an den Rand seines Dorfes. Bald erreichte er eine Brücke, die sich über zwei hohen Felsen aufspannte. Voller Verdruss blickte er in die Tiefe. In diesem Moment zertrampelten seine Gefühle wie ein ungezügeltes Pferd sein Gemüt und gruben tiefe Spuren. Rubin nahm die Maske von seinem Gesicht und blickte sie voller Zorn an.

„Auch die *Gutmütigkeit* hat mich nicht an mein Ziel gebracht. Ich hoffte, dass mich die

Nettigkeit beliebt und unwiderstehlich machen würde. Doch sie verwandelte mich in einen weichen und nachgiebigen Menschen!"

Daraufhin warf er sie zornig in die Schlucht. Der verletzte Jüngling blickte ihr hinterher, bis sie auf einem Felsvorsprung zerschellte.

Wie ein Geist streifte er durch das Gebirge und dachte darüber nach, was er nun tun sollte. Doch er wusste, dass er keine andere Wahl hatte, als sich eine neue Maske anfertigen zu lassen. Ihm war schleierhaft, wie seine Altersgenossen sich so leicht auf eine Maske festlegen konnten.

Der Suchende wollte jedoch keinesfalls, dass irgendjemand sein Gesicht erkannte, und wartete, bis sich Nebelschwaden die Brücke emportasteten und die Landschaft um ihn in einen Schleier hüllten. Dann lief er zu dem Wald, in dem der Kobold wohnte.

Als er den Forst erreichte, kroch der Nebel auch über den Waldboden und zwischen den Bäumen hindurch. Rubin wagte sich zaghaft voran, da er seine Umgebung nur spärlich wahrnehmen konnte. Alsbald verlor er jede Orientierung. Irgendwann wähnte sich der Jüngling ausgeliefert. Er wusste auf einmal weder, wo sich der Ein- und Ausgang des Waldes, noch die Werkstatt des Kobolds befanden. Sterbensbang lief er durch die nächtliche Kälte und suchte nach Stellen, die ihm bekannt waren. Mit jeder Minute, die Rubin weiter umherirrte, ließ seine Aufmerksamkeit nach. In seiner Achtlosigkeit stürzte er unversehens über eine Wurzel, dabei schlug er sich den Kopf an einem Baum an. Das Letzte, was er noch wahrnahm, war der Waldboden unter ihm. Dann verlor er das Bewusstsein.

Die Maske der Furchtlosigkeit

Kühn wetzt du deine Schwerter,
schleifst sie schärfer und härter,
wirkst wie ein wahrer Krieger,
verschließt nie deine Lider.

Doch zugeben willst du nicht,
dass in kalter Einsamkeit,
wenn es draußen tobt und schneit,
deine Fassade zerbricht.

Als Rubin zu sich kam, blickte er geradewegs in glutrote Augen, die den Pforten ins Fegefeuer glichen. Gleichzeitig wirkten sie merkwürdig vertraut.

„Ich würde dich niemals hier verrecken lassen."

Es waren die Augen des Kobolds, die ihn so höllisch anblickten.

„Ich bin dein Freund, auch wenn die Menschen dich fallen lassen. So sind sie, diese gefühlsgeleiteten Wesen: Sonnst du dich im Ruhm, kleben sie an dir wie Honig. Doch dieselben Menschen behandeln dich wie faules Obst, wenn du nicht mehr ihr Ansehen genießt. Ich aber halte immer zu dir. Mir ist die Boshaftigkeit der Menschen wohlbekannt."

Wieder fühlte Rubin sich seltsam verstanden. Der Kobold schaffte es, mit nur wenigen Worten mitten in sein Herz zu treffen. Der Gnom schien Rubins Probleme wahrhaftig zu kennen. Er half dem Verletzten auf die Beine.

„Ich zeige dir den Weg zu meiner Werkstatt. Mir kannst du vertrauen, ich bin nicht wie deine vermeintlichen Freunde." Und das Gelächter des Kobolds schallte durch den leeren Wald, sodass die Vögel aus den Baumkronen aufstiegen.

Der Kobold gestattete Rubin, sich in seiner Werkstatt aufzuwärmen, und reichte ihm eine heiße Suppe. Der Jüngling war sich nicht sicher, ob er sie bedenkenlos verzehren konnte, doch andererseits war er so erschöpft, dass er sie schließlich doch hinunterschlang. Überdies wollte Rubin den Gnom nicht verärgern, indem er die angebotene Suppe ausschlug. Er war auf das Wohlwollen des Kobolds angewiesen, denn er wünschte sich eine neue Maskierung.

Nachdem Rubin die erquickende Brühe verspeist hatte, erklärte er dem Kobold: „Die *Maske der Gutmütigkeit* übte zunächst eine ausgezeichnete Wirkung auf meine Mitmenschen aus. Ich konnte ihre Gefühle aus ihren Gesichtern herauslesen. Ich verstand eindeutig, was sie benötigten, und benutzte stets die richtigen Worte, die mit ihrem Gemüt im Einklang waren. Doch zugleich machte mich die Maske auch weich und fügsam. Ich verlor meine Geliebte an einen anderen Mann, der standhafter war als ich. Ich benötige eine neue Maske. Eine, die mich kühn und unverletzbar macht."

„Mir gefällt deine Beharrlichkeit. Die meisten Dorfbewohner wirken, als hätten sie Scheuklappen auf, sodass sie nur eine einzige Maske sehen. Doch du gehst mit offenen Augen durch die Welt und schaust dich nach allen Seiten um. Ich werde mit Sicherheit eine Maske finden, die zu dir passt."

„Ich flehe dich an", drängte ihn Rubin, „*der Große Maskenball* rückt immer näher, ich habe bereits das achtundzwanzigste Lebensjahr durchschritten."

Wie schon bei Rubins letztem Besuch in der Werkstatt begutachtete der Kobold seine Meisterwerke; es war offensichtlich, dass er nach einer bestimmten Maske spähte. Immer wieder fluchte er, weil er das gesuchte Stück nicht finden konnte.

„Wo ist das verdammte Ding?", schrie der Maskenbauer manches Mal. Endlich trat er mit einem spöttischen Lächeln und einer Maske in den Händen an Rubin heran. „Dies ist die *Maske der Furchtlosigkeit*. Ich habe sie im dunkelsten Winkel meiner Werkstatt versteckt. Eigentlich sollte kein Mensch sie jemals tragen. Die Maske besitzt eine derartige Stärke und verleiht ihrem Träger eine solche Unerschrockenheit, dass sie auf dem falschen Gesicht eine ungeheure Gefahr darstellt. Doch ich erachte dich als einen außergewöhnlichen jungen Mann. Ich will, dass du allen deine Macht vorführst!" Und der Kobold lachte laut.

Rubin konnte die furchteinflößende Kraft fühlen, die seiner neuen Maske innewohnte. Ihre Augen waren dunkel und tief; wenn man länger in sie blickte, glaubte man, seine Seele zu verlieren. Ihre sichelförmige Nase verlieh ihr einen teuflischen Ausdruck. Der Mund der Maske verriet, dass sie niemandem gegenüber jemals Gnade walten ließe.

Rubin setzte sie auf und spürte sogleich, wie ihn ein Gefühl der Unbesiegbarkeit durchfuhr.

„Was habe ich nur wieder Überwältigendes erschaffen! Lehre nun die Menschen, was wahre Ehrfurcht bedeutet!", prustete der Gnom.

Voller Tatendrang verließ Rubin die Werkstatt. Er konnte es kaum erwarten, seine Julina wiederzusehen und erneut für sich zu gewinnen. Gewöhnlich lauerten in diesem Wald viele Tiere und es trieben sich allerhand Geister dort herum, vor denen sich der junge Mann üblicherweise geängstigt hätte. Doch mit der *Maske der Furchtlosigkeit* schritt er unerschrocken an den wilden Bestien und den unheimlichen Gestalten vorbei. Einige verfolgten ihn mit ihren Blicken und bleckten die Zähne, doch sobald Rubin sie mit seinen tiefschwarzen Augen ansah, flohen sie. Rubin fühlte sich allmächtig. Mit frisch entfachtem Mut und seiner neuen Maske fühlte er sich gerüstet, den Dorfbewohnern zu begegnen.

Am darauffolgenden Tag überzogen dunkle Wolken den Himmel über dem Dorf, aus denen immer wieder Blitze zuckten. Alle Menschen, die *dem Furchtlosen* entgegenkamen, wichen ihm aus. Manch einer sprang sogar zur Seite, andere wagten es nicht, Rubin überhaupt anzublicken. Ihn umgab eine Ausstrahlung der Verwegenheit.

Auf dem Marktplatz entdeckte Rubin Julina, umgeben von jenen jungen Männern, die sie Rubin entrissen hatten. Mit unerschütterlichen Schritten ging er auf die Gruppe zu. Als seine Widersacher ihn wahrnahmen, wichen sie vor ihm zurück. Einzig ihr Anführer blieb stehen, entschlossen, sich Rubin lautstark entgegenzustellen. Als er gerade den Mund öffnete, blickte Rubin ihn durch die *Maske der Furchtlosigkeit* an. Dem Anführer blieben seine Worte im Hals stecken, nur ein Stottern entrang sich seiner Kehle. Man sah, dass ihn augenblicklich jeder Mut verließ.

Rubin griff nach Julinas Hand und verließ mit ihr den Marktplatz.

Die zurückgebliebene Gruppe konnte den beiden nur fassungslos nachblicken. Rubins Entschlossenheit war übermenschlich.

Rubin wollte mit Julina alleine sein und führte sie zu dem See mit dem abgeknickten Baum, an dem sie sich früher immer getroffen hatten. Sie setzten sich neben den dicken Stamm und blickten auf das Wasser, auf dem einzelne Blüten trieben. Die Strahlen der abendlichen Sonne tauchten den See in funkelndes Gold.

Beide trugen ihre Masken und hingen ihren Gedanken nach. Julina erzählte Rubin, dass sie sich in manchen Augenblicken zerrissen fühlte, ob sie die richtige Maske für sich finden sollte. Rubin verstand ihre Bedenken, doch er wollte vor ihr nicht offenbaren, dass er genauso fühlte.

„Habe kein Angst", versuchte er sie zu beruhigen, „die Masken helfen uns. Ohne sie wären wir gar nicht fähig, miteinander zu leben. Stelle dir nur einmal vor, jeder Dorfbewohner würde seine Schwächen und Makel zeigen. Jeder wäre sofort verletzlich und angreifbar."

„Du hast Recht", räumte Julina ein, „tatsächlich bewundere ich, wie furchtlos und zielsicher du bist. Die meisten meiner Verehrer benehmen sich am Anfang immer heldenhaft, doch nach einiger Zeit werden sie dann launisch und unbeständig. Doch nicht du. Dich wird niemals der Mut verlassen, das ist so sicher wie das Ende aller Zeiten."

Rubin erwiderte: „Ich war ein Feigling, als ich zuließ, dich mir wegnehmen zu lassen. Sei dir sicher, dass sich das nicht wiederholen wird."

Julina berührten diese Worte. Sie schmiegte sich an ihn und betrachtete, wie sich ihre Körper auf der Wasseroberfläche spiegelten und ineinander zu verschwimmen schienen.

Von nun an waren Julina und Rubin wieder vereint. Sie bewunderte seine Stärke, in seiner Gegenwart konnte sie sich fallen lassen und ihn die Richtung vorgeben lassen. An seiner Seite spürte sie, dass sie in seiner Obhut war.

Was das Mädchen besonders schätzte, war, dass Rubin sich nicht von seinen Plänen abbringen ließ. Was auch immer er sich vornahm, verfolgte er mit eiserner Entschlossenheit.

Rubin glaubte, endlich seine Maske gefunden zu haben. Als Kind hatte er häufig Angst gehabt, von anderen verletzt zu werden. Die *Maske der Furchtlosigkeit* schien diese Öffnung in seiner Persönlichkeit zu schließen. Er war überzeugt, mit dieser Maskierung auf dem *Großen Maskenball* auftreten zu können, denn dieser rückte immer näher.

Rubin durchlebte nun sein neunundzwanzigstes Lebensjahr. Alle seine Altersgenossen bereiteten sich schon emsig auf ihren großen Tag vor. Die meisten hatten sich bereits auf eine Maske festgelegt, sie zweifelten ihre Entscheidung nicht an und schwebten unbeschwert durchs Leben. Rubin verachtete und bewunderte sie zugleich. Wenige wiederum rangen noch mit ihrer Wahl, doch sie würden sich aufgrund des bevorstehenden Festes bald entscheiden müssen. Nie zuvor hatte es jemand gewagt, unmaskiert auf dem *Großen Maskenball* zu erscheinen. Seit den ersten Tagen des Dorfes pflegten die Menschen dort diesen Brauch. Während Rubin und seine Altersgenossen begannen, sich auf ihren Ball vorzubereiten, ereignete sich etwas Unvorhersehbares. Als sich die Dorfbewohner eines Mittags auf dem großen Marktplatz zusammenfanden, erschien plötzlich ein reitender Bote. Atemlos verkündete er den Arglosen:

„Hört her. Etwas Grausames steht euch bevor! Eine Gruppe furchterregender Krieger hat es auf euer Dorf abgesehen. Es heißt, sie seien erbarmungslos. Sie plündern rücksichtslos und vergreifen sich an den Frauen. Euer Dorf ist dem Untergang geweiht!"

Unverzüglich brach ein heftiger Aufruhr aus. Nie zuvor hatte sich Rubins Heimatort gegen Eindringlinge zur Wehr setzen müssen. Der Alltag der Dorfbewohner beschränkte sich auf die Pflege ihrer Masken und die Schmückung ihrer Straßen. Keiner von ihnen verstand sich auf die Kriegskunst, und das aus gutem Grund: Ihre Eitelkeit verbot ihnen jegliche Beschädigung ihres Erscheinungsbildes.

Während seine Nachbarn kopflos umherliefen und nicht wussten, was sie tun sollten, rief Rubin plötzlich laut: „Ich werde das Unheil von unserem Dorf abwenden und mich den Kriegern entgegenstellen! Ich fühle mich stark und unbezwingbar!"

Natürlich wollte er in erster Linie seine Julina beeindrucken.

Unschlüssig blickten ihn die Menschen an. Doch sie kannten Rubin. Seine unverfrorene Art hatte er, seit er die *Maske der Furchtlosigkeit* trug, schon manches Mal unter Beweis gestellt. Der Bürgermeister und seine Beamten besprachen die Angelegenheit einen Augenblick lang und bestimmten, dass sie Rubin gewähren lassen wollten. Dieser genoss die Aufmerksamkeit, die ihm zuteilwurde, denn Bewunderung war ihm schon immer ein wichtiger Antrieb für sein Handeln.

Am folgenden Tag stellte man *dem Furchtlosen* Waffen und ein Pferd bereit. Er verabschiedete sich von Julina, die ihn bewundernd anblickte, dann öffnete man ihm das Tor hinaus in die Steppe.

Das gesamte Dorf begleitete seinen Auszug mit Beifallsstürmen und Jubelrufen. Die Hoffnung aller lastete auf seinen Schultern. Doch Rubin beeindruckte das alles nicht. Sein Herz war eingefroren und für andere nicht antastbar. Er schenkte Julina noch einen letzten Blick, dann ritt er hinaus in die Ungewissheit.

Der Kühne spürte den Wind durch seine Maske. Niemals hätte Rubin geahnt, dass er einmal die Hoffnung des Dorfes sein würde. Doch insgeheim genoss er die Bürde, die er sich auferlegt hatte, und dachte an die Bewunderung, die Julina ihm schenken würde, sollte er siegreich wiederkehren.

Nachdem er einige Zeit durch die menschenleere Wüste geritten war, gelangte er an eine Wasserstelle, an der er sich erfrischte und sein Pferd trinken ließ. Sein Ross war erschöpft von seiner ungewohnten Last, denn Rubin trug eine schwere Rüstung und ein eisernes Schwert. Zum Schutz vor der sengenden Mittagssonne band er sein Pferd an einen Baum und setzte sich unter dessen schattenspendendes Blätterdach.

Während er in die endlose Weite der Steppe blickte, erfasste ihn plötzlich eine merkwürdige Schwermut. So außerhalb seiner gewohnten Umgebung und weit entfernt von seinen Mitmenschen, entsann er sich seines bisherigen Lebens. Er zweifelte, ob das Streben nach Anerkennung die Mühe wert war. Er opferte soviel von sich und seiner Kraft, nur um die Gunst seiner Mitmenschen zu gewinnen. All das, nur um ihnen zu genügen und ihnen zu gefallen? Ihm wurde bewusst, dass er bislang nur die Wege im Leben gewählt hatte, die andere ihm vorgaben. Zwar fühlte Rubin sich dank der *Maske der Furchtlosigkeit* mutig und unbesiegbar. Doch zugleich hatte er unter allen seinen Masken, auch dieser, eine Schwäche gespürt. Es waren die Erwartungen der anderen, die ihn in Ketten legten, und Rubin wusste nicht, wie er sich daraus befreien sollte. Andererseits gaben ihm diese Ketten auch Sicherheit, denn es musste nichts hinterfragt werden. Ohne sie war er auf sich allein gestellt und seiner Selbstbestimmung ausgesetzt. Außerdem lebten alle anderen auch in dieser Art der Gefangenschaft. Wieso sollte also gerade er ausbrechen und die Freiheit suchen?

Die schweren Gedanken ließen seinen Geist ermüden und er schlief im Schatten des Baumes ein.

Plötzlich riss ihn lautes Pferdegetrappel unsanft aus dem Schlaf. Am Horizont erkannte er eine Gruppe von Kriegern, die rasch näherkam. Umgehend sprang *der Furchtlose* auf, band sein Pferd ab und ritt in vollem Galopp auf die Angreifer zu. Als er sich seinen Gegnern näherte, zog er mit einem hellen Rasseln sein Schwert aus der Scheide. Die Krieger rechneten damit, dass Rubin zurückschrecken würde, sobald er sie von Nahem erblickt hätte, doch zu ihrem Erstaunen ritt der Unbekannte ohne zu zögern weiter auf sie zu.

Den Jüngling verwunderte es selbst, dass er keinerlei Angst spürte. Die *Maske der Furchtlosigkeit* schien ihn wahrlich tollkühn zu machen. Bald schon konnten die Gegner einander durch den aufwirbelnden Sand hindurch erkennen. Als die Pferde der Angreifer Rubins *Maske der Furchtlosigkeit* sahen, scheuten sie, sie stiegen auf ihre Hinterbeine und warfen ihre Reiter, die damit ein leichtes Opfer für Rubin wurden, ab. Ohne zu zögern, streckte er jeden von ihnen mit seinem Schwert nieder. Auf diese Weise gelang es ihm, den Großteil der Krieger zu besiegen.

Nun stand er den wenigen Kämpfern, die sich im Sattel hatten halten können, gegenüber. Unter ihnen befand sich auch das Oberhaupt der kriegerischen Truppe. Ein jeder von ihnen war verblüfft, wie unerschrocken Rubin mit ihnen kämpfte.

Der Jüngling berauschte sich an seiner Angriffslust und forderte seine Widersacher heraus.

„Das sollen die unheimlichen Kämpfer sein, die ganze Städte vor Angst erzittern ließen?", höhnte er. Rubins Selbstvertrauen wuchs ins Schrankenlose. „Seht, ich werde nun meine Rüstung ablegen, nur um euch zu zeigen, wie überlegen ich euch bin!"

Tatsächlich entledigte sich der Übermütige seines Schutzes und warf ihn vor den Kriegern in den Sand.

„Merkt ihr nun, wie gering meine Achtung vor euch ist? Ich fürchte euch nicht. Ihr könnt mir nichts anhaben!"

Seine Feinde blickten sich ungläubig an. Unvermittelt brach ihr Oberhaupt in lautes Gelächter aus.

„Wenn der Jüngling sich da nicht überschätzt!"

Ein stechender Schmerz durchfuhr Rubins Körper. Augenblicklich blieb ihm die Luft in der Kehle stecken und er rutschte von seinem Pferd. Er krümmte sich auf dem Sandboden. Einer der Krieger, die Rubin zuvor niedergerungen hatte, schoss mit letzter Kraft einen Pfeil in Rubins Rücken ab.

Der Bandenführer stieg von seinem Ross und ging gemächlichen Schrittes auf den sich windenden Jüngling zu. Dann beugte er sich zu ihm, riss ihm mit einem Ruck die Maske vom Gesicht und schleuderte sie auf den Wüstenboden. Die *Maske der Furchtlosigkeit* zerbrach und ihre einzelnen Stücke verteilten sich auf dem trockenen Gestein.

„Nun kann ich endlich dein feiges Gesicht sehen", sprach der Anführer. Und tatsächlich blickte Rubin ihn mit angsterfüllten Augen an. Er wusste, dass er nicht verschont werden würde. Der junge Mann hielt sich schützend die Hände vor das Gesicht, doch das hielt den Anführer nicht davon ab, nach ihm zu treten. „Verstecke deinen jämmerlichen Anblick nicht!", befahl der Anführer Rubin.

Die gleißende Mittagssonne strahlte dem Besiegten in die Augen. Rubin ahnte, dass sein Tod bevorstand.

„Angesichts deiner ungeheuerlichen Frechheit werde ich dir keinen Gnadenstoß gewähren, sondern dich elendig in dieser Wüste verenden lassen, bis sich deine Kehle vor Durst zuschnürt und deine Seele vor Leid wünscht, niemals deinen Körper bewohnt zu haben."

Seine Kämpfer lachten schadenfroh, dann ließen sie den Verwundeten in der tödlichen Einöde zurück und setzten ihren Weg in Rubins Dorf fort.

Der Niedergestreckte siechte auf dem staubigen Wüstenboden dahin. Sein ganzer Leib brannte, als stände er in Flammen. Rubin fühlte grenzenlose Schmach darüber, dass er sein Dorf wegen seines Leichtsinns nicht retten konnte. Noch unermesslicher war seine Scham gegenüber Julina. Er begriff, dass er für seine gesamte Heimat vom gefeierten Helden zum Versager werden würde. Seine Geliebte würde ihn immerfort als Verlierer in Erinnerung behalten. Diese Demütigung schmerzte noch stärker als die Qualen seines Körpers.

So lag er dort in der sengenden Hitze, alleine mit seinen hoffnungslosen Gedanken. Rubin verzweifelte daran, dass er nun glanzlos und einsam sterben würde. Er hatte sich stets für einen Menschen gehalten, der zu Höherem bestimmt war. Doch nun, da Rubin nicht mehr von der Kraft der Maske besessen war, lehrte ihn das Leben, dass er vor seinem eigenen Hochmut niederknien musste.

Es dauerte nicht lang und die ersten wilden Tiere umkreisten ihn, mit gierigen Augen lauerten sie auf seinen Tod. Nie zuvor hatte Rubin sich derart alleine und hilflos gefühlt. Wie es schien, blieb ihm nichts Anderes übrig, als auf sein Ende zu warten.

Nachdem der junge Mann schon einige Stunden in der brütenden Wüstenluft gelegen hatte, erblickte er am Horizont eine flirrende Gestalt, die auf ihn zukam. Der Hilflose glaubte, vor lauter Schmerzen schon Trugbilder zu sehen. Gleichwohl schien die Gestalt sich ihm immer mehr zu nähern. Rubin konnte sie in der flimmernden Hitze nicht genau erkennen, doch irgendwann meinte er, in ihr den Kobold zu erkennen. Noch immer glaubte er an eine Täuschung, doch es war tatsächlich der Gnom, der plötzlich vor ihm stand.

Die Maske der Klugheit

Gerne suhlst du dich in Worten und Zahlen,
lässt keine Gelegenheit aus, zu prahlen.
Von vielen genießt du die Bewunderung
und führst alle ständig an der Nase rum.
Doch kommst du dann an unbekannte Orte,
verlassen dich die Zahlen und die Worte.

„Durch die Masken habe ich eine innige Verbindung zu den Trägern, deswegen habe ich gespürt, dass du in Bedrängnis bist. Außerdem bist du mein Schützling. Allein deswegen sind unsere Herzen schon miteinander verwoben. Deswegen verließ ich unverzüglich meine Werkstatt, um nach deinem Befinden zu sehen."

Rubin glaubte weiterhin, dass er sich den Kobold nur einbildete, und blickte ihn fragend an.

„Nein, ich bin es wirklich", versicherte ihm der Gnom, „siehe doch, wer sich jetzt um dich sorgt. Ich habe es dir immer gesagt: Die Menschen lassen dich fallen wie ein glühendes Stück Kohle, sobald sie keinen Nutzen mehr in dir sehen. Doch nicht ich. Ich weiche auch dann nicht von deiner Seite, wenn niemand mehr an dich glaubt! Als Beweis habe ich dir eine meiner wertvollsten Masken mitgebracht. Sie vermag dich sicherlich aus dieser misslichen Lage zu befreien."

Der Kobold überreichte Rubin die *Maske der Klugheit*. Dann verschwand er wieder in der Grenzenlosigkeit der Steppe.

Der Jüngling betrachtete sie ungläubig. Aus dem Gesicht der Maske wölbten sich hohe Wangenknochen, die die Augen wie auf einer Sänfte emporhoben. Auch waren tiefe Falten in sie eingegraben, die ähnlich wie die Ringe eines Baumes von beträchtlichen Erfahrungen erzählten. Ihre Konturen wirkten wie die eines Greifvogels, der, auf einem hohen Ast sitzend, erhaben in die Ferne blickt. Sah man länger in ihre Augen, meinte man, jene Sterne zu erahnen, die nachts den Seefahrern die Richtung wiesen.

Rubin setzte die Maske auf. Daraufhin geschah etwas Unerklärliches:

Auf einen Schlag war Rubin fähig, die Witterungen am Himmel zu lesen. Er begriff, dass die Wolken, die hoch über der Erde schweben und sich zu einem weißen Federkleid formen, warme Luft versprechen. Er verstand auch, dass Wolken, die den ganzen Himmel bedecken und die Sonnenscheibe wie ein Schleier verhüllen, erst nach drei Tagen ein tobendes Unwetter herbeiführen. Und es wurde ihm bewusst, dass tiefhängende Wolken, die wie ein graues Laken über das Himmelsgewölbe gespannt sind, meist einen baldigen Niederschlag verheißen. Ebensolche Wolken erblickte er in der Ferne.

Also zog Rubin sich mit letzter Kraft in den Sattel und befahl seinem Pferd, diesen Wolken hinterherzujagen.

Als Rubin sich endlich unter der dichten Wolkendecke befand, stürzte auch schon der heilbringende Regen auf ihn herab. Mühsam kämpfte er sich von seinem Pferd hinunter und streckte lechzend seine Zunge heraus. Das Wasser, das aus dem Himmel kam, stillte seinen unmenschlichen Durst. Mit erquickter Kehle blickte er sich um und entdeckte allerlei Kräuter und Beerensträucher, die an diesem Ort wuchsen. Als er sie näher betrachtete, erkannte er dank der *Maske der Klugheit*, dass es sich um Heilkräuter handelte. Der Gelehrte legte sie sich auf seine brennenden Wunden, die sich daraufhin verschlossen. Danach pflückte er die Beeren, die seine Muskeln weiter mit Kraft erfüllten. So überlebte Rubin auf wundersame Weise den Angriff: Die *Maske der Klugheit* hatte ihn vor seinem Untergang bewahrt.

Erfrischt und gestärkt ritt er den Kriegern hinterher, um sie davon abzuhalten, sein Dorf zu überfallen. Schon nach kurzer Zeit sah er, dass die Angreifer an einem Fluss, der geradewegs zu Rubins Heimatdorf führte, Rast gemacht hatten.

Dem Klugen kam sogleich eine List in den Sinn. Ihm war bewusst, dass die Krieger ihn durch seine neue Maske nicht wiedererkennen konnten. Also ging er auf die Gruppe der Männer zu. Sogleich sprang einer auf und zückte seine Waffe. Doch da sprach der Geistreiche: „Überstürze dich nicht. Ich komme in guter Absicht. Ich will euch ein Helfer und Diener sein!"

Darauf antwortete ein anderer Kämpfer: „Wie willst du uns dienlich sein? Sieh dich doch an! Du bist ein Besserwisser, der in seiner Kammer Bücher wälzt. Wie solltest du uns helfen können? Du kennst Waffen wahrscheinlich nur aus Erzählungen?"

Doch der Anführer der Gruppe gebot seinem Kämpfer Einhalt. „Lass ihn aussprechen. Ich will wissen, was er uns zu sagen hat. Danach können wir ihn immer noch töten und den wilden Tieren zum Fraß vorwerfen."

Die Krieger brachen in wildes Gelächter aus.

Doch Rubin begann zu sprechen: „Ich rate euch: Reitet den Flusslauf entlang. Bald werdet ihr Felsen sehen, die wie Tierköpfe anmuten. Dort hat der Fluss seine flachste Stelle, die ihr mühelos durchqueren könnt. Dann sind es nur noch wenige Schritte, die euch von dem Dorf trennen. Ihr könnt es nicht verfehlen, es erstreckt sich bis zum Ufer. Danach könnt ihr übrigens ungehindert dort eindringen, die Dorfbewohner werden sich nicht zur Wehr setzen können."

Die Kämpfer wurden hellhörig.

„Woher hast du dieses Wissen und wieso teilst du es mit uns?"

„Ich habe einst selbst in diesem Dorf gelebt. Doch die Menschen dort behandelten mich abscheulich und verstießen mich. Ich will, dass sie die gleiche Drangsal erleben müssen wie ich. Dennoch erwünsche ich mir eine Belohnung, wenn ihr das Dorf geplündert habt. Ihr könntet mich mit dem prunkvollen Schmuck aus den Truhen der Dörfler beschenken."

Sogleich befahl der Anführer, die Pferde loszubinden und den Fluss entlangzureiten.

Doch nur Rubin sah die quellenden Wolkentürme am Himmel und verstand, dass sich ein verheerender Sturm zusammenbraute. Der Fluss schwoll an, die Kämpfer wurden von den plötzlichen Wassermassen überrascht und ertranken mitsamt ihren Pferden.

Rubin war selbst verblüfft, wie treffsicher seine Vorhersage war. Er hatte tatsächlich obsiegt. Die *Maske der Klugheit* hatte ihm aus den bedrohlichen Umständen herausgeholfen. Ihm wurde klar, dass Klugheit das Wichtigste im Leben war. So, wie diese Eigenschaft ihm bei den Kriegern geholfen hatte, würde sie ihm in jeder noch so verzwickten Lage nutzen, davon war er restlos überzeugt.

Sieggekrönt kehrte der junge Mann in seine Heimat zurück. Dort empfing man ihn mit Lobpreisungen und lauten Beifallsstürmen. Die Menschen fanden die toten Kämpfer in dem Fluss und verehrten den Ankömmling für seine Gewitztheit. Rubin war überwältigt. Innerlich dankte er dem Kobold, dass er sich nun in der Anerkennung des ganzen Volkes baden konnte. Bestätigung war ihm seit jeher das stärkste Suchtmittel, das in diesem Moment in höchster Menge in jede Ader seines Herzens strömte. Dieser Rausch fühlte sich an wie der vergnüglichste Genuss, obgleich Rubin wusste, dass er weder echt noch beständig war.

Kurz darauf lud ihn der Bürgermeister des Dorfes zu einem persönlichen Empfang ein. Das Dorfoberhaupt überwältigte die Weitsicht des Jünglings in solchem Maß, dass er Rubin zum Weissager der Stadt auserkor. Von nun an beriet er die Dorfbewohner in allen Fragen des Lebens.

Die *Maske der Klugheit* ermöglichte es ihm, auch die verzwicktesten Probleme zu lösen. Immer wieder erstaunte er seine Mitmenschen, mit welchem Einfallsreichtum er auf ihre Sorgen reagierte – als würde er von einer höheren Warte aus auf ihre Kümmernisse blicken können.

Rubin freute es, dass er plötzlich der höchsten Klasse seines Dorfes angehörte. Selbst der Bürgermeister zog den gelehrten Jüngling hinzu, wenn er des Rates bedurfte.

Eines Tages suchte seine Mutter ihn in seinem Amtszimmer auf.

„Ich freue mich über deine neue Anstellung", bestärkte sie ihren Sohn, „nach allem Suchen hast du nun endlich deine Bestimmung gefunden. Doch die Zeit drängt: Bald steht der *Große Maskenball* bevor. Wie stolz du mich machen wirst, wenn du dort mit dieser Maskierung auftreten wirst! Ich kann es kaum erwarten."

Sie verabschiedete sich, wobei sie ihn mit Liebkosungen überschüttete. Rubin war gerührt und ebenso überzeugt, dass er endlich die für ihn geeignete Maske gefunden hatte.

Dann allerdings wendete sich Rubins Schicksal. Eine unerwartet lange Dürrezeit suchte sein Dorf heim. Die Fruchtbarkeit der Felder wich zunehmend und die Menschen gerieten außer sich, da sie um ihre Nahrung bangten. Umgehend verlangten sie von Rubin, dass er eine zukünftige Regenzeit vorhersagte.

Doch dieses Mal verließen ihn unerklärlicherweise seine Fähigkeiten. Tage- und nächtelang rätselte und grübelte er über die unterschiedlichen Wolkengestalten und ihre Bedeutungen. Doch er fand keine Antwort auf das Problem der Trockenzeit. *Der Kluge* verzweifelte und durchblätterte jedes Buch, das er in den Bücherhallen seines Dorfes finden konnte. Er wollte seine Mitmenschen unter keinen Umständen enttäuschen. Doch diese begannen vermehrt an seinen Kenntnissen zu zweifeln. Rubin verlor den Glauben an sich und die Welt.

Einige bezeichneten den Gescheiten als Blender und Hochstapler. Auch seine Julina begann sich von ihm abzuwenden, da sie nicht mit einem Schwindler in Verbindung gebracht werden wollte. Schließlich brach der Bürgermeister unter den immer lauter werdenden Stimmen seines Volkes zusammen. Er beschloss, Rubin unverzüglich seines Amtes zu entheben und verbannte ihn aus dem Dorf. Der Gelehrte war fassungslos. Eben noch war er der gefeierte Retter des Dorfes, jetzt jagte man ihn davon.

Rubin brach vor den Dorfmauern zusammen. Es war ihm ein Rätsel. Durchgehend warb er um die Gunst seiner Mitmenschen, doch je mehr er ihnen zu gefallen versuchte, umso ärger beschmutzten sie sein Selbstbild. Diesmal war Rubin auf den tiefsten Grund gestürzt, tiefer konnte er nicht hinabsinken. Seine gesamte Heimat ächtete ihn.

Von diesem Tag an musste er sein Leben vor den Toren des Dorfes fristen. Seiner Mutter war bei Androhung der Todesstrafe untersagt worden, nach ihrem Sohn zu sehen oder ihn mit Nahrung zu versorgen. Als seine Mutter es einmal dennoch versucht hatte, zerrten die Torwächter sie brutal in das Dorf zurück. Rubin hatte ihr nur noch zurufen können, sie solle sich unter allen Umständen an das Verbot halten, denn er hatte seinerseits Angst um die mittlerweile alte Frau. Er wollte sie keiner Gefahr aussetzen.

Nun war Rubin gezwungen, sein Essen mit den wilden Tieren zu teilen, das sie aus den Abfällen vor den Mauern suchten. Oft blickten sie ihn mit gebleckten Zähnen an, um ihre Beute zu verteidigen. Der Jüngling verfluchte sein Leben. Er sah keine Möglichkeit, wieder in seine Heimat zurückzukehren.

Somit lebte er tagaus, tagein mit den Tieren zusammen, und je länger er unter ihnen war, umso mehr glich er auch ihrem Äußeren. Er magerte so sehr ab, dass seine Wirbelsäule wie eine Bergkette aus seinem Rücken hervortrat. Seine Nägel wurden zu Krallen, mit denen er die Essensreste aufschlitzte. Seine Haare verfilzten derart, dass sie wirkten wie ein räudiges Fell.

Eines besonderen Tages – Rubin wühlte wie gewöhnlich in den Überresten, die die Menschen entsorgt hatten – entdeckte er einen großen Krug. Durch die *Maske der Klugheit* verstand er, dass es sich um ein magisches Gefäß handelte, das in uralten Zeiten angefertigt worden war. Der Ausgestoßene behielt ihn, da er darin seine Tränen aufbewahren und daraus trinken wollte, wenn ihn wieder einmal die Trockenheit der Einöde marterte.

So saß er zu jeder Tageszeit da und trauerte seinem alten Leben nach. Immer wenn die letzten Strahlen des Tagesgestirns am Horizont versanken, verließ ihn auch seine Hoffnung. Oftmals weinte er nächtelang, während sein einziger Zuhörer der Mond war, der durch den Weltenraum wanderte. Fortwährend sammelte Rubin seine Tränen in dem magi-

schen Krug, der sich rasch bis zum Rand füll-
te.

Eines verheißungsvollen Tages, als die
Sonnenscheibe ihren Höhepunkt erreichte,
fasste Rubin einen Entschluss. Die Peinigun-
gen der letzten Zeit quälten ihn bis ins Uner-
trägliche. Er wollte seinem Leiden endlich ein
Ende bereiten und stieß mit seinem Fuß gegen den Krug. Dieser kippte sogleich um und
zersprang in unzählige Scherben. Die Tränen
verliefen vor Rubin auf der trockenen Steppe.
Er legte sich auf den Rücken und wartete sein
Hinscheiden ab.

Doch als er in den makellos blauen Himmel blickte, geschah etwas Unerwartetes. Die
Tränen aus dem Krug verdampften und stiegen vor dem Leidenden in den Himmel auf.
Kurz darauf vereinigten sie sich zu einer
schweren Gewitterwolke, die schließlich auf-
brach und einen strömenden Regen über seinem Dorf niedergehen ließ.

Rubin begriff zunächst nicht, was vor sich
ging. Dann erhob er sich und schritt auf die
Tore des Dorfes zu.

Überall sah er Menschen vor Freude jauchzen und tanzen. Da alle feierten, konnte Rubin sie unbemerkt beobachten. Derart ausgelassen und fröhlich hatte er die Dorfbewohner noch nie erlebt.

Das ließ ihn auf etwas schließen. Er begriff, dass Fröhlichkeit das größte Bedürfnis eines Menschen war. Jede Tat, jede Absicht im Leben zielte letztlich immer nur auf einen Zustand ab: glücklicher zu werden. Mit dieser Erkenntnis suchte Rubin noch einmal die Werkstatt des Kobolds auf, um sich eine weitere Maske anfertigen zu lassen...

Die Maske der Fröhlichkeit

Dein Gesicht strahlt so hell wie ein Licht,
Einigen erscheinst du wie ein Kind.
Doch die meisten Menschen sehen nicht,
dass im Innern eine Träne rinnt.

Der Suchende eilte, so schnell ihn seine Beine trugen, zu der Werkstatt des Kobolds. Er spürte, dass er dieses Mal die richtige Maske finden würde. Die Erkenntnis, dass Menschen unablässig nach Freude strebten, war ihm plötzlich so klar, als sei ein Schleier vor seinen Augen herabgefallen.

Rubin spurtete die großen Stufen zur Werkstatt hinab und rief: „Wo bist du, meisterlicher Maskenbauer? Ich weiß nun, welche Maskierung ich benötige!"

Der Kobold lugte mit leuchtenden Augen hinter einem Maskenstapel hervor. Als er Rubin erkannte, sagte er: „Der Jüngling schon wieder. Du bist der wählerischste Kunde, der mich je aufgesucht hat. Die meisten meiner Auftraggeber legen sich bereits mit ihrer ersten Maske fest."

Dann trat er nah an Rubin heran und lächelte. Hiernach fuhr der Kobold fort: „Doch ich schätze deinen tiefsinnigen Charakter. Aber sei beruhigt. Auch du wirst auf dem *Großen Maskenball* eine Maskierung tragen, mit der du zufrieden sein wirst."

Rubin erleichterten diese Worte, denn sein dreißigstes Lebensjahr stand kurz bevor.

„Ich habe erkannt, dass die Menschen sich alle nach Vergnügen und Unterhaltung sehnen. Ich brauche eine Maske, die diese Sehnsüchte bedient."

Der Kobold steppte wie blödsinnig vor Rubin auf und ab.

„Ich verstehe nun genau, welche Maske dir schmeicheln wird. Warte ab."

Der Gnom huschte durch seine Werkstatt und zückte dann ein Kunstwerk.

„Hier ist die *Maske der Fröhlichkeit*. Sie verleiht dir die Fähigkeit, Menschen auf vorzügliche Weise zu unterhalten. Doch warum halte ich lange Reden? Teste es selbst. Du wirst begeistert sein. Ich habe mich wieder selbst übertroffen."

Rubin starrte auf das Werk. Die Maske war runder geformt als die Masken, die er zuvor besessen hatte. Ihre Augen blitzten wie Funkelsteine und versprühten eine kindliche Heiterkeit. Ihre Nase war kurz und wirkte wie zwischen die prallen Wangen eingepresst. Der

Mund mit den vollen Lippen verriet, dass dem Träger dieser Maske kein Witz zu komisch war, um ihn nicht auszusprechen, und kein Streich zu albern, um ihn nicht auszuführen.

Mit der neuen Maskierung kehrte Rubin in sein Heimatdorf zurück. Keiner der Bewohner bemerkte, dass sich Rubin unter der Maske befand. Folglich mischte er sich unbekümmert unter das Treiben auf dem Marktplatz. Im gleichen Augenblick entdeckte er ein Kind, das schluchzte und heulte. Es war umringt von seinen Eltern und Freunden, die beruhigend auf es einsprachen. *Der Fröhliche* wurde wie magisch von dem Geschehen angezogen. Rubin schaltete sich in die Gespräche ein – und war verblüfft, wie er auf seine Mitmenschen wirkte. Innerhalb kürzester Zeit prusteten die Erwachsenen vor Lachen über Rubins Witze, und auch das bekümmerte Kind war augenblicklich wieder fröhlich. Rubin war es gelungen, die Stimmung aller aufzuhellen. Bald hatte Rubin die Aufmerksamkeit des gesamten

Marktplatzes auf sich gezogen. Er war überwältigt.

Nach diesem erhebenden Erlebnis kehrte Rubin nach Hause zurück. Als er seine Maske ablegte, erkannte seine Mutter ihn. Voller Erleichterung umschlang sie ihn, glücklich, dass er noch lebte. Rubin erklärte seiner Mutter: „Ich habe endlich meine Maske gefunden. Du glaubst nicht, welche Fähigkeiten ihr innewohnen! Ich habe alle Menschen auf dem Marktplatz belustigt. Sie lachten über jeden Satz, den ich von mir gab. Diese magische Maske ist wahrlich ein Meisterstreich." Und er hängte die kunstvolle Schnitzerei an die Wand über seinem Schlafplatz.

„Keiner der Dorfbewohner wechselt so häufig seine Maskierung wie du, mein Sohn", erwiderte die Mutter, „von Geburt an warst du anders als die anderen. Doch du wirst dich schon noch einfügen." Sie strich Rubin beruhigend durch das Haar.

„Sicher werde ich das. Schließlich findet der *Große Maskenball* bald statt."

Nach diesen Worten legte sich der junge Mann zu Bett. Lange betrachtete er die *Maske der Fröhlichkeit*. Er konnte es kaum erwarten, am nächsten Tag wieder die Menschen zu begeistern. Doch sein Leben war so ungewiss wie das Erscheinen der Sterne am Nachthimmel. Aber an diesem Abend zeigten sie sich vielzählig über seinem Dorf.

Am Tag darauf besuchte Rubin wieder den Marktplatz. Unverzüglich begann er, die Menschen zu belustigen. Ein Dorfbewohner nach dem anderen gesellte sich zu *dem Fröhlichen*. Rubin vollbrachte es, jeden der Zuhörer in herzlichstes Gelächter ausbrechen zu lassen. Jedes Wort, das seinen Mund verließ, amüsierte sie. Innerhalb weniger Augenblicke liebten ihn die Menschen und bestanden darauf, dass er nun täglich auf dem Marktplatz auftreten müsse. Unter der Maske schmunzelte er, dass die gleichen Dörfler, die ihn kürzlich verfluchten, ihn nun wieder verehrten, nur weil sie sein Gesicht nicht erkannten. Dennoch folgte er ihrer Bitte und gab ihnen re-

gelmäßig eine Darbietung. Das fiel ihm allerdings auch nicht schwer, da der junge Mann
in ihrer Beweihräucherung badete. Als der
Bürgermeister davon erfuhr, dass Rubin unentwegt den Marktplatz unterhielt, bot er ihm
eine regelmäßige Abendveranstaltung an. Da
sich *der Fröhliche* bei den Dörflern einer gehö-
rigen Beliebtheit erfreute, ging der Bürgermeister einfach über die Verbannung Rubins
hinweg. Das Einzige, was ihn kümmerte, war
die Belustigung und Ablenkung seines Dorfes.

Fortan spielte Rubin allabendlich vor den
Dorfbewohnern. Rasch wurden seine Vorstellungen zum Hauptereignis des Dorfes. Immer
mehr Menschen fanden sich abends auf dem
Platz ein, um Rubin zuzuhören und zuzuse-
hen.

Nun erlangte der junge Mann dank seines
Schauspiels wieder die Bestätigung, die er sich
so sehr wünschte. Die Dorfbewohner lausch-
ten ihm mit tränenden Augen und fröhlichen
Gesichtern. Rubins Selbstbewusstsein war
wiederhergestellt und erreichte dank der all-

abendlichen Beifallsbekundungen neue, ungeahnte Höhen.

Während einer seiner Vorstellungen entdeckte er unter den Zuschauern Julina, die ihn hingerissen anblickte. Schlagartig bemühte er sich, noch besser zu spielen, um sie zu beeindrucken.

Nach seiner Vorstellung, als alle Gäste von Heiterkeit erfüllt den Marktplatz verließen, ging der gefeierte Darsteller auf Julina zu, um sie auf einen Spaziergang einzuladen. Sie folgte seiner Bitte nur zu gern.

So schlenderten die beiden durch die Gassen des Dorfes. Da der *Große Maskenball* in Kürze stattfinden sollte, waren diese bereits prächtig geschmückt. Rubin und Julina gingen durch eine von bunten Laternen beschienene Straße. Auf einer Brücke hielten sie an. Rubin offenbarte ihr, dass er sich unter der Maske versteckte. Julina war entzückt, doch sogleich gestand sie ihrem langjährigen Vertrauten: „In wenigen Tagen steht unser großer Tag bevor. Dann werden wir uns auf eine Maske festlegen, doch seltsamerweise freue ich mich gar nicht so überschwänglich wie die anderen darauf. Irgendwie ist mir der Gedanke unbehaglich, dass ich dann für immer nur diese eine Verhüllung tragen darf."

Rubin versuchte sie zu beschwichtigen: „Freue dich. Von diesem Tag an werden wir ein fester Bestandteil unseres Dorfes sein. Jeder wird unsere Maske erkennen und uns als diese Person anerkennen. Niemand kann sich mehr über uns erheben oder uns gar niedermachen."

„Du hast Recht", sagte Julina und schmiegte sich an Rubin, der den Augenblick genoss. Endlich waren sie wieder vereint.

Einen Tag vor dem *Großen Maskenball* plante der Bürgermeister einen letzten überragenden Auftritt des Unterhalters. Er ließ eine Bühne auf der hohen Brücke des Dorfes errichten. Auf dem Geländer des Überweges säumten Fackeln den Weg zur Spielfläche. Das Bühnenbild wurde prachtvoll gestaltet. Kurz vor Mitternacht fand sich das gesamte Dorf dort ein. Der Auftritt Rubins wurde groß angekündigt. Der junge Mann fühlte sich überwältigt, doch plante er mithilfe der *Maske der Fröhlichkeit* vor dem *Großen Maskenball* noch eine letzte, unvergessliche Darbietung. Und es gelang ihm. Die Dorfbewohner bogen sich vor Lachen und fühlten sich vorzüglich unterhalten. *Den Fröhlichen* durchströmte auf der Bühne ein Hochgefühl und er spielte voller Hingabe.

Doch als seine Vorstellung ihren Höhepunkt erreichte, geschah ein Unglück: Ein Teil der Bühne brach ein und einige der Zuschauer stürzten die Brücke hinab. Entsetzen brach unter den Zuschauern aus, sie sprangen von ihren Plätzen auf und rannten aufgebracht durcheinander.

Rubin versuchte krampfhaft, die Situation zu überspielen, und fuhr mit dem Witzeerzählen fort. Doch die Verfassung der Zuschauer hatte sich gewandelt. Ein Mann schrie ihn an: „Halte endlich ein, du Narr! Niemand will dich mehr hören!"

Eine Frau fügte hinzu: „Wie kannst du nur achtlos weiterspielen? Du bist für das Unglück verantwortlich! Verschwinde endlich von der Bühne!"

Die gesamte Stimmung richtete sich gegen Rubin. Einige Zuschauer griffen nach den Fackeln auf dem Geländer und versuchten, Rubin damit von der Bühne zu vertreiben.

„Jagt diesen Trottel in den Abgrund!", ertönte es von überallher.

Rubin flüchtete in Richtung des Dorfes, wo er sich in einer Seitengasse vor den wütenden Dorfbewohnern versteckte. Atemlos sank er auf die Knie und sah, wie die Menschen mit den Fackeln an ihm vorbeiliefen. Rubin riss sich die *Maske der Fröhlichkeit* vom Gesicht und warf sie vor sich in eine Pfütze. Betrübt sah er, wie das dreckige Wasser über ihr verlief. Er wusste nur eines: Am nächsten Tag sollte der *Große Maskenball* stattfinden. Und er brauchte dringend eine neue Maske.

Er wartete ab, bis er sich in Sicherheit wähnte, dann hob er eine brennende Fackel auf, die einer der Dörfler verloren hatte, und lief in den Wald.

Der Große Maskenball

Du kennst jemanden nur genauso gut,
wie du dein eigenes Gesicht entblößt.
Doch besitzt du dazu genügend Mut,
hast du sogleich beide Herzen erlöst.

Als Rubin den Wald erreichte, in dem die Werkstatt des Kobolds lag, war es tiefste Nacht. Die Fackel in seiner Hand bot ihm die einzige Lichtquelle. Unter diesen Umständen wirkte der Wald noch beklemmender als bei Tageslicht. Stück für Stück kämpfte er sich durch das Gehölz. Jedes Geräusch ließ ihn zusammenzucken. Rubin nahm an, dass sich die Tiere des Waldes von seinem Licht angezogen fühlten und ihn deswegen beobachteten. Bänglich wagte er sich tiefer durch das Geäst hindurch. Umzukehren kam für ihn allerdings nicht infrage, er brauchte unbedingt eine neue Maske. Es war die reine Ausweglosigkeit, die ihn die Finsternis aushalten ließ.

Endlich erreichte der junge Mann die Maskenwerkstatt. Die Hand, in der er die Fackel hielt, schmerzte und zitterte, ob aus Angst oder aus Sorge vor dem, was ihn erwartete, wusste er nicht. Abermals stieg er die Stufen zu der Maskenwerkstatt hinab. Der Gnom trat ungläubig hervor.

„Wieso suchst du mich mitten in der Nacht auf? Auch ich brauche meinen Schönheitsschlaf", und der Kobold lachte, bis er kaum noch Luft bekam. Nachdem er sich wieder etwas gesammelt hatte, sprach er: „Der *Große Maskenball* findet bereits morgen statt. Bist du schon wieder unzufrieden mit deiner Maskierung?" Ohne Rubins Antwort abzuwarten, fuhr er fort: „Aber ich wäre ja nicht der Meisterbauer, wenn ich nicht auch für einen wählerischen Menschen wie dich eine geeignete Maske fände. Ich bin schließlich ein wahrer Freund. Welche Maske hast du denn diesmal im Sinn?"

Ohne es sich erklären zu können, wich Rubin einige Schritte zurück. Mit prüfendem Blick schaute er dem Kobold in die feuerfarbenen Augen. Einige unendlich lange Augenblicke standen sie so voreinander. Eigentlich war es wie immer, wenn Rubin die Werkstatt aufsuchte, doch je länger er das Wesen vor sich betrachtete, desto mehr entzerrte sich seine Wahrnehmung. Rubin erkannte, wie schwach und verletzlich der Kobold war. Nun trat der junge Mann weitere Schritte zurück.

Seine Hand zitterte vor Schmerzen, so krampfhaft hielt er die Fackel fest.

„Rubin, was überlegst du?", drängte ihn der Kobold, „welche Maske möchtest du? Ganz gleich, wie ausgefallen dein Wunsch ist, ich erfülle ihn dir!"

Doch Rubin nahm seine Worte kaum noch wahr. Er konnte es nicht mehr ertragen, sich schützen zu müssen. Unvermittelt holte Rubin aus und warf die Fackel auf den Kobold.

„Was tust du? Ich war dir immer verbündet!", schrie ihn das Wesen an. Doch Rubin hörte ihm nicht mehr zu. Einige Sekunden sah er dabei zu, wie das Feuer um sich griff und die Masken in der Werkstatt von den Flammen angesteckt wurden. Das letzte Bild, das Rubin sah, war, wie der Kobold inmitten seiner Masken von der Glut des Feuers aufgefressen wurde. Dann lief er eilig die Treppen hinauf und flüchtete aus der Werkstatt.

Als er sich wieder oberirdisch befand, blickte er sich noch ein letztes Mal um. Er hörte die verzweifelten Schreie des Kobolds nach oben dringen. Doch schon bald schlug das Feuer aus der Tür heraus und kletterte zügig den Stamm bis zur Krone hinauf. Umgehend brannte der gesamte Baum lichterloh.

Rubin starrte einige Zeit wie gefesselt in das Flammenmeer. Nach vielen aufwühlenden Minuten merkte er, wie auch etwas in seinem Herzen schmolz. Etwas Gewaltiges, das er sich vorher nicht einmal anzusehen getraut hatte. Dann spurtete er nach Hause und legte sich völlig erschöpft zur Ruhe. Noch lange dachte er über seine Tat nach, bevor er in eine andere, leichtere Welt entschwand.

Am folgenden Tag war es endlich so weit: Der *Große Maskenball* fand statt. Rubin wusste, dass nichts mehr war wie gewöhnlich. Er hatte jegliche Möglichkeit zerstört, in sein altes Leben zurückzukehren. Er hatte jegliche Möglichkeit zerstört, eine Maske für sich zu erlangen. Die Werkstatt des Kobolds war unwiderruflich verloren und damit auch Rubins Hoffnung, auf dem Fest doch noch eine Maske tragen zu können. Er war höchst eigenartig gestimmt. Einerseits war ihm bewusst, dass er den *Großen Maskenball* nicht besuchen konnte, andererseits fühlte er eine riesige Erleichterung. Seine Suche nach der Maske war endgültig beendet.

Während seine Altersgenossen sich auf ihren großen Auftritt vorbereiteten, schlich Rubin heimlich zu dem See mit dem abgeknickten Baum, dem einzigen Ort, der ihm Trost spenden konnte. Er setzte sich neben den Stamm und überdachte sein Leben. Auf einmal haderte er wieder sehr mit sich, dass er als Einziger in seinem Dorf keine Maske gefunden hatte. In diesem Moment fühlte er sich von der gesamten Welt abgeschnitten. Er fragte sich, ob er derart alleingelassen überhaupt lebensfähig war. Eine Träne rollte seine Wange hinab und perlte in den See. Als Rubin glaubte, sein Schmerz könne sich nicht mehr steigern, erblickte er unversehens Julina, die auf ihn zukam. Er sprang auf und wollte davonlaufen, denn er ertrug es nicht, dass sie sein schmerzverzogenes Gesicht sah. Doch Julina bat ihn: „Bleibe hier, du brauchst dich nicht zu schämen."

Rubin blickte sie fragend an.

„Wieso bist du hier und nicht auf dem *Großen Maskenball?*"

„Ich ertrug den Gedanken nicht, mich für den Rest meines Lebens auf eine einzige Maske festzulegen. Eine jähe Angst ergriff mein Herz, als ich mir vorstellte, dass dies auf ewig so bleiben sollte", antwortete sie.

„So erging es auch mir", verriet Rubin. „Dann bleiben wir also an diesem See und besuchen nicht den *Großen Maskenball?*", fragte er Julina leise.

„Ja, Rubin, wir bleiben einfach hier. Ich finde diesen Ort sowieso viel schöner."

Und tatsächlich umgab den See eine wundersame Ruhe. Nur wenige Vögel trauten sich in diese ehrwürdige Stille hineinzurufen.

So standen Rubin und Julina sich gegenüber und blickten einander an. Nach einigen Augenblicken nahm plötzlich auch Julina ihre Maske ab. Zum ersten Mal konnten sich die beiden Liebenden in die Augen sehen. Sogleich brachen sie in ein befreiendes Lachen aus. Dann musterten sich beide gegenseitig.

Julina war hübscher, als Rubin es sich jemals vorzustellen vermocht hätte.

Das Mädchen ergriff als erste das Wort.

„So schlimm fühlt es sich gar nicht an, ohne Maske zu sein."

Rubin stimmte ihr zu. „Ich verstehe auch nicht, warum ich mir solche Sorgen deswegen gemacht habe."

Und wieder lachten beide und fühlten sich unbeschwert wie zwei Vögel, die aus ihren Käfigen befreit wurden. Dann gingen sie wie selbstverständlich aufeinander zu und küssten sich.

Zur selben Zeit ergriff ein starker Windstoß den abgeknickten Baum und blies die Blätter von seinen Ästen, sodass der Baum wie nackt dastand. Die Blätter jedoch umwirbelten die beiden Liebenden und legten sich dann neben ihnen zu Boden.

Spontan sagte Julina: „Weißt du was? Wir gehen jetzt auf den *Großen Maskenball!*"

„Hast du deinen Verstand verloren?", entfuhr es Rubin.

„Ja, vielleicht. Doch wieso sollten wir nicht dorthin dürfen? Wir sind genauso ein Teil des Dorfes wie alle anderen auch."

Entschlossen griff sie nach Rubins Hand und rannte mit ihm zum Marktplatz, auf dem der Ball stattfand.

Als sie dort ankamen, befand sich die Feier gerade auf ihrem Höhepunkt. Alle Dorfbewohner trugen ihre prunkvollsten Maskierungen und ihren kostbarsten Schmuck. Wie üblich war der Platz auf das Prächtigste geschmückt. Gaukler begeisterten die Menschen mit ihren waghalsigen Auftritten, Musikanten spielten auf den außergewöhnlichsten Instrumenten und untermalten die Geselligkeit mit fröhlichem Schall.

Rubin und Julina mischten sich unter die Feiernden und tanzten ausgelassen. Lange Zeit wurden die Unmaskierten gar nicht bemerkt, jeder Dorfbewohner war zu sehr mit seinem eigenen Erscheinungsbild beschäftigt. Doch plötzlich rief jemand: „Seht nur, seht! Dort sind welche ohne Maskierung!"

Ein entsetztes Raunen ging durch die Menge. Die Musik endete schlagartig und die Gaukler hielten in ihren akrobatischen Kunststücken inne. Alle Blicke richteten sich auf Rubin und Julina.

„Wie könnt ihr es wagen?", schimpfte ein Gast, „das ist unerhört!"

„Was denkt ihr euch nur dabei?!", schrie der Bürgermeister und befahl: „Verweist sie sofort der Feier!"

Sogleich wurden Rubin und Julina von den Wachen ergriffen. Da warf jemand ein: „Lasst die beiden mitfeiern. Sie schaden doch niemandem."

Ein anderer sprang ihm bei: „Jawohl. Lasst sie hierbleiben!"

„Seid ihr närrisch?", lehnten sich andere auf, „niemand in der Geschichte unseres Dorfes ist jemals ohne Maske erschienen. Entfernt sie sofort von unserem Maskenball!"

So ging es eine Weile hektisch hin und her. Noch immer im festen Griff der Wachen, beobachteten Rubin und Julina, wie sich die Dorfbewohner gegenseitig beschimpften. Kurz bevor die Feier gänzlich zu entgleisen drohte, geschah etwas Unerwartetes: Einige der Feiernden legten ebenfalls ihre Masken ab.

„Seid ihr wahnsinnig? Setzt euch umgehend wieder eure Maskierungen auf!", hieß es von manchen. Doch stattdessen nahm ein Dorfbewohner nach dem anderen seine Maske vom Gesicht.

„Mir war unter dieser Maskierung schon immer unbehaglich. Wieso soll ich mich unentwegt verstecken?", gab einer zu.

„Ja, das Gleiche denke ich auch", bekräftigte ein anderer.

Einige der Dorfbewohner lagen sich weinend in den Armen. Andere lachten, wie sie noch nie zuvor gelacht hatten. Rubin und Julina blickten sich schmunzelnd an. Beeinflusst von dem Geschehen, lösten auf einmal auch die Wachen ihren Griff. Völlig ungläubig beobachtete Rubin, wie sich nun fast jeder Dorfbewohner die Maske vom Gesicht nahm. Einige wenige klammerten sich erst an ihre Verhüllung, doch gaben sie letztendlich auch auf. Rubin konnte nicht begreifen, was sich vor ihm abspielte. Dann blickte er in die Ferne und sah plötzlich ein Feuer, das sich hoch in den Nachthimmel erstreckte. Es waren die Flammen der Maskenwerkstatt, die dort flackerten. Sie leuchteten heller als alle Lichter des Maskenballs zusammen.

Nachwort

Liebe Leserin, lieber Leser,

es war mir eine große Ehre, dass du dieses Buch gelesen hast. Mich interessiert sehr, wie es dir gefallen hat. Welche Gedanken oder Anregungen hast du dazu?

Ich würde mich freuen, wenn du diese in Form einer Rezension teilen würdest.

Wenn du mehr Informationen über mich oder mehr meiner Bücher lesen willst, dann besuche doch gerne meine Internetseite:

www.buecher-ueber-spiritualitaet.de

Ich wünsche dir von Herzen das Allerbeste!

Falc-Moritz Köhler.